Get That Pest!

¡Agarren a ése!

Erin Douglas

Illustrated by/Ilustrado por Wong Herbert Yee

Quiz# 42154

Green Light Readers/Colección Luz Verde
Harcourt, Inc.

Orlando   Austin   New York   San Diego   London

Mom and Pop Nash had ten red hens.
Every day they got ten eggs.

Mamá y Papá Navarro tenían diez
gallinas rojas.
Todos los días les daban diez huevos.

One morning, five eggs were missing!

Una mañana ¡faltaban cinco huevos!

"Someone has robbed our hens!" shouted Pop.
"We can't let him get another egg!" said Mom.

—¡Alguien les ha robado a nuestras gallinas!—gritó Papá.
—¡No podemos permitir que roben otro huevo!—dijo Mamá.

The Nashes hid in the shed.
C-C-Crick. "What's that?" asked Mom.

Los Navarro se escondieron en el cobertizo.
C-C-Crack.—¿Qué es eso?—preguntó Mamá.

A wolf slipped into
the shed.

He popped four
eggs into his sack.

Un lobo se metió en
el cobertizo.

Metió cuatro huevos
en su saco.

"It's a wolf!" shouted Mom.
"I'll get him!" shouted Pop.

—¡Es un lobo!—gritó Mamá.
—¡Yo lo agarraré!—gritó Papá.

"Too bad," said Pop.
"Get this net off me!" shouted Mom.

—¡Qué fastidio!—dijo Papá.
—¡Quítame esta red de encima!—gritó Mamá.

Now only ONE egg was left.

Ya sólo quedaba UN huevo.

"We have to get that pest!" said Mom.
"Help me set this trap," said Pop.
When the trap was set, they hid.

—¡Tenemos que agarrar a ése!—dijo Mamá.
—Ayúdame a montar esta trampa—dijo Papá.
Cuando la trampa estuvo lista, se escondieron.

C-C-Crick . . . Smash!
The trap got Mom and Pop.
The wolf got the last egg.

C-C-Crack . . . ¡Cataplún!
La trampa atrapó a Mamá y Papá.
El lobo se llevó el último huevo.

Then Mom and Pop Nash set a
BIG trap and hid.

Entonces Mamá y Papá Navarro montaron
una trampa ENORME y se escondieron.

C-C-Crick . . . Womp!
"Let me out," begged the wolf.
"You can have all the eggs back."
"You didn't eat them?" asked Pop.

C-C-Crack . . . ¡Cataplún!
—¡Déjenme salir!—suplicó el lobo.
—Pueden quedarse con todos los huevos.
—¿No te los has comido?—preguntó Papá.

"No," said the wolf. "I PAINTED them."
"Oh my!" said Mom.
"Well, well," said Pop.

—No—dijo el lobo. —LOS PINTÉ.
—Vaya, vaya—dijo Mamá.
—Bien, bien—dijo Papá.

Painted Eggs

Huevos pintados

Now Mom and Pop Nash sell painted eggs.
Would you like one?

Papá y Mamá Navarro ahora venden
huevos pintados.
¿Quieres uno?

The Missing Eggs Game

Play the missing eggs game.

white paper

bag

scissors

1 Cut out six eggs.

2 Lay them in a row.

3 Ask a friend to play with you. Choose who will be the wolf and who will be the farmer.

4 When the farmer isn't looking, the wolf takes some of the eggs and puts them in a bag.

5 The farmer must tell the wolf how many eggs were taken.

6 Play again. Be sure to take turns being the wolf and the farmer!

El Juego de los Huevos Perdidos

Diviértete con el juego de los huevos perdidos.

papel blanco

una bolsa

tijeras

1 Recorta seis huevos.

2 Colócalos en fila.

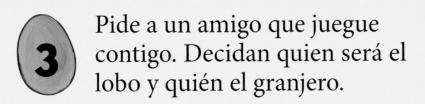

3 Pide a un amigo que juegue contigo. Decidan quien será el lobo y quién el granjero.

4 Cuando el granjero no está mirando, el lobo mete algunos huevos en su bolsa.

5 El granjero tiene que decirle al lobo cuántos huevos robó.

6 Vuelvan a jugar. ¡Alternen el papel de granjero y el de lobo!

Meet the Illustrator
Te presentamos al ilustrador

Wong Herbert Yee always wanted to be an artist. He started writing and illustrating children's books when he was an adult. His daughter is his helper. She tells him if she thinks other children will enjoy his stories.

Wong Herbert Yee siempre quiso ser artista. Empezó a escribir e ilustrar libros de niños cuando ya era mayor. Su hija es su ayudante. Ella le dice si cree que a otros niños les gustarán sus cuentos.

Wong Herbert Yee

www.HarcourtBooks.com

First Green Light Readers/Colección Luz Verde edition 2008

Green Light Readers is a trademark of Harcourt, Inc., registered in the
United States of America and/or other jurisdictions.

Library of Congress Cataloging-in-Publication Data
Douglas, Erin.
Get that pest! = ¡Agarren a ése!/Erin Douglas; illustrated by Wong Herbert Yee.
p. cm.
"Green Light Readers."
Summary: When a farmer and his wife discover that something is stealing the
eggs laid by their ten red hens, they set up elaborate traps to catch the thief.
[1. Eggs—Fiction. 2. Farm life—Fiction. 3. Stealing—Fiction. 4. Spanish language materials—Bilingual.]
I. Yee, Wong Herbert, ill. II. Title. III. Title: ¡Agarren a ése!
PZ73.D6664 2008
[E]—dc22 2007008171
ISBN 978-0-15-206263-7
ISBN 978-0-15-206269-9 (pb)

A C E G H F D B
A C E G H F D B (pb)

Ages 5–7
Grades: 1–2
Guided Reading Level: G–H
Reading Recovery Level: 14–15

Green Light Readers
For the reader who's ready to GO!

Five Tips to Help Your Child Become a Great Reader

1. Get involved. Reading aloud to and with your child is just as important as encouraging your child to read independently.

2. Be curious. Ask questions about what your child is reading.

3. Make reading fun. Allow your child to pick books on subjects that interest her or him.

4. Words are everywhere—not just in books. Practice reading signs, packages, and cereal boxes with your child.

5. Set a good example. Make sure your child sees YOU reading.

Why Green Light Readers Is the Best Series for Your New Reader

● Created exclusively for beginning readers by some of the biggest and brightest names in children's books

● Reinforces the reading skills your child is learning in school

● Encourages children to read—and finish—books by themselves

● Offers extra enrichment through fun, age-appropriate activities unique to each story

● Incorporates characteristics of the Reading Recovery program used by educators

● Developed with Harcourt School Publishers and credentialed educational consultants

Colección Luz Verde
¡Para los lectores que están listos para AVANZAR!

Cinco sugerencias para ayudar a que su niño se vuelva un gran lector

1. Participe. Leerle en voz alta a su niño, o leer junto con él, es tan importante como animar al niño a leer por sí mismo.

2. Exprese interés. Hágale preguntas al niño sobre lo que está leyendo.

3. Haga que la lectura sea divertida. Permítale al niño elegir libros sobre temas que le interesen.

4. Hay palabras en todas partes—no sólo en los libros. Anime a su niño a practicar la lectura leyendo señales, anuncios e información, por ejemplo, en las cajas de cereales.

5. Dé un buen ejemplo. Asegúrese de que su niño le vea leyendo a usted.

Por qué esta serie es la mejor para los lectores que comienzan

● Ha sido creada exclusivamente para los niños que empiezan a leer, por algunos de los más excepcionales y excelentes creadores de libros infantiles.

● Refuerza las habilidades lectoras que su niño está aprendiendo en la escuela.

● Anima a los niños a leer libros de principio a fin, por sí solos.

● Ofrece actividades de enriquecimiento creadas para cada cuento.

● Incorpora características del programa Reading Recovery usado por educadores.

● Ha sido desarrollada por la división escolar de Harcourt y por consultores educativos acreditados.